EL BARCO DE VAPOR

El paraguas rojo

Paloma Muiña

Ilustraciones de Bea Tormo

sm

www.
literatura**sm**
.com

Dirección editorial: Elsa Aguiar
Coordinación editorial: Berta Márquez

© del texto: Paloma Muiña, 2014
© de las ilustraciones: Bea Tormo, 2014
© Ediciones SM, 2014
  Impresores, 2
  Urbanización Prado del Espino
  28660 Boadilla del Monte (Madrid)
  www.grupo-sm.com

ATENCIÓN AL CLIENTE
Tel.: 902 121 323
Fax: 902 241 222
e-mail: clientes@grupo-sm.com

ISBN: 978-84-675-6917-9
Depósito legal: M-34045-2013
Impreso en la UE / *Printed in EU*

Cualquier forma de reproducción, distribución,
comunicación pública o transformación de esta obra
solo puede ser realizada con la autorización de sus titulares,
salvo excepción prevista por la ley. Diríjase a CEDRO
(Centro Español de Derechos Reprográficos, www.cedro.org)
si necesita fotocopiar o escanear algún fragmento de esta obra.

A la tía Mary, que hacía magia.

—Papá, ¿puedo llevar el paraguas?
—No, Marta. No está lloviendo.
—¿Y qué?

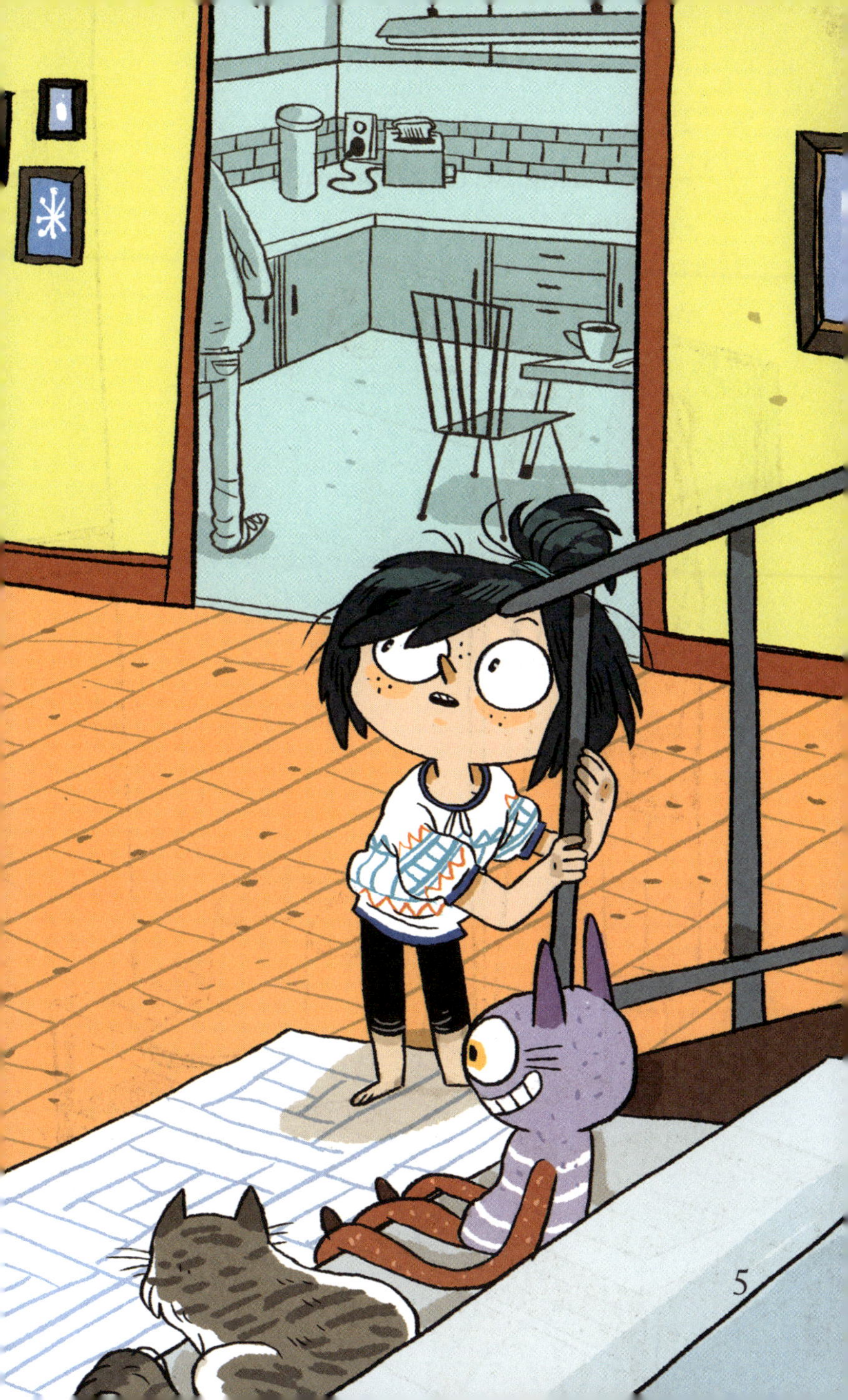

Papá no contestó,
y Marta miró por la ventana.
Apretó la frente.
Cerró los ojos.
Se mordió los labios
y deseó y deseó y deseó que lloviera.

Volvió a abrirlos, esperanzada.
Pero nada: ahí fuera seguía el sol.
Y le sacaba la lengua.

Papá y Marta salieron de casa
y papá le dio a Marta un bocadillo
envuelto en papel de plata.
 –¿De qué es? –preguntó Marta.
 –Adivina –sonrió papá.

    Marta apretó la frente.
Cerró los ojos.
Se mordió los labios
y deseó y deseó y deseó
que fuera de chocolate.
    El chocolate era
lo que más le gustaba del mundo
después de los bocadillos de amapola.

Cuando los abrió, le llegó a la nariz el inconfundible aroma del chorizo.
 –No me gusta. Huele a pies.
 –Marta, huele a chorizo. No digas tontadas.

Marta le dio un mordisco,
y fue como si masticara las zapatillas
de estar por casa de la abuela.

Después de caminar un rato, llegaron a la guardería.

Había un montón de gente entrando y saliendo.

–Marta, siéntate ahí, ¿quieres?
–le dijo su padre–. Enseguida vuelvo
con tu hermana.

Y se metió por una puerta azul
que había al fondo del pasillo.
Llevaba a Boris en una mano.

Marta esperó en aquel banco
de la guardería, balanceando los pies
y mirando a su alrededor.

De pronto se fijó
en que había otra puerta,
de color rojo, justo al lado de la azul.
Y pensó que aquella puerta
no estaba allí antes.

Tal vez era una puerta mágica.
A lo mejor ahí detrás
se escondían los tesoros de los piratas
o el poderoso cetro de una bruja.
Puede que hubiera un laberinto
donde se perdían los niños sin nombre.

Entonces Marta apretó la frente.
Cerró los ojos.
Se mordió los labios
y deseó y deseó y deseó
que aquella puerta fuera mágica.

En ese momento, la puerta se abrió
y salió de allí una profesora
llevando en brazos un pañal apestoso.

Marta se quedó mirando la clase.
Estaba llena de niños gateando,
gritando y llorando.

Uno de ellos se acercó a la puerta roja,
ahora abierta de par en par,
le sacó la lengua y cerró de un golpe.

Después vino papá con Nerea en brazos.
–¿Por qué todo el mundo
me saca la lengua? –le preguntó Marta,
muy enfadada.

Papá la miró sin comprender.
Y su hermana hizo una pompa con la saliva.

–Yo antes tenía magia
–murmuró Marta–.
Pero ahora no me acuerdo
de cómo funcionaba.

–Pues haz memoria –dijo papá.

–¿La memoria se hace?
¿Como las albóndigas o las pajaritas de papel?

–Y como la magia –afirmó papá,
muy sonriente.

–Ya...
Marta no estaba muy convencida.
Pero aun así, apretó la frente.
Cerró los ojos.
Se mordió los labios
y deseó y deseó y deseó hacer memoria.
Y magia.

–Bueno, qué, ¿nos vamos al parque?
–preguntó papá.
　Marta no contestó.
Miraba a su hermana,
que llevaba a Boris en una mano.
Lo mordía, lo chupaba
y tiraba de sus patas rojas
probando cómo de largas podían hacerse.
　–No lo trates así
–exclamó Marta, enfadada.

Nerea no contestó,
pero le hizo una pedorreta
y se limpió los mocos con la oreja de Boris.
 –Si lo llego a saber, no te lo regalo
–masculló.

Ni caso.

Papá y Nerea habían echado a andar hacia el parque.

Entonces Marta apretó la frente.
Cerró los ojos.
Se mordió los labios
y deseó y deseó y deseó
que Boris volviera a ser suyo.

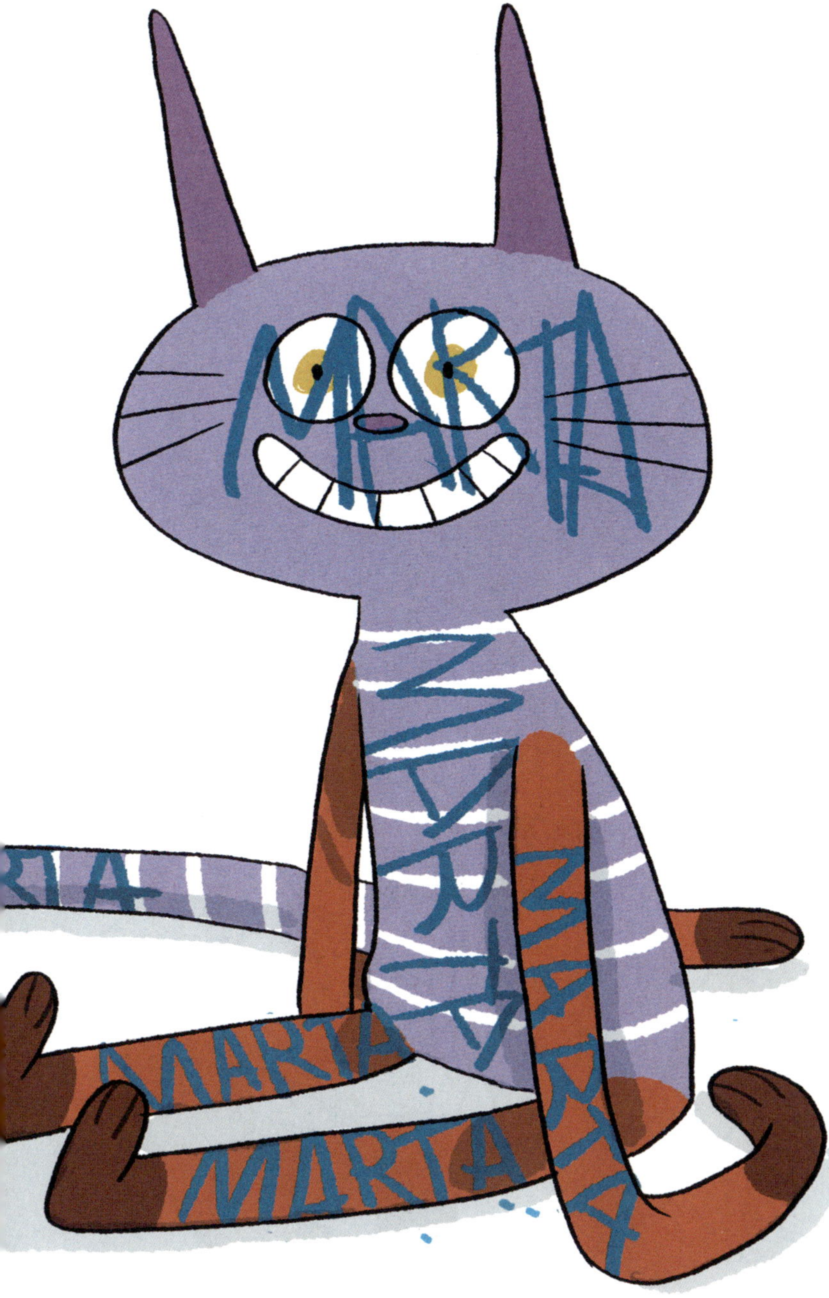
MARTA
MARTA
MARTA
MARTA
MARTA

–Vamos, Marta,
¿qué haces ahí parada?
–preguntó papá.
　Marta abrió los ojos.
No lo podía creer:
Nerea tenía su brazo estirado
y le ofrecía a Boris con una sonrisa.

29

Cuando llegaron al parque,
papá empezó a darle a Nerea su merienda.
 –Vete a jugar –le dijo a Marta.
 –No. Espero.
 Marta dejó a Boris sentado en el banco
y juntos se pusieron a mirar el parque.
El parque de todos los días.
 Entonces Marta apretó la frente.
Cerró los ojos.
Se mordió los labios
y deseó y deseó y deseó
que aquel parque se convirtiera
en un reino mágico.

Cuando abrió los ojos,
Nerea había terminado de merendar
y la estaba esperando.

–¿Te vienes al castillo? –le dijo sonriente.

Y juntas vadearon un río...

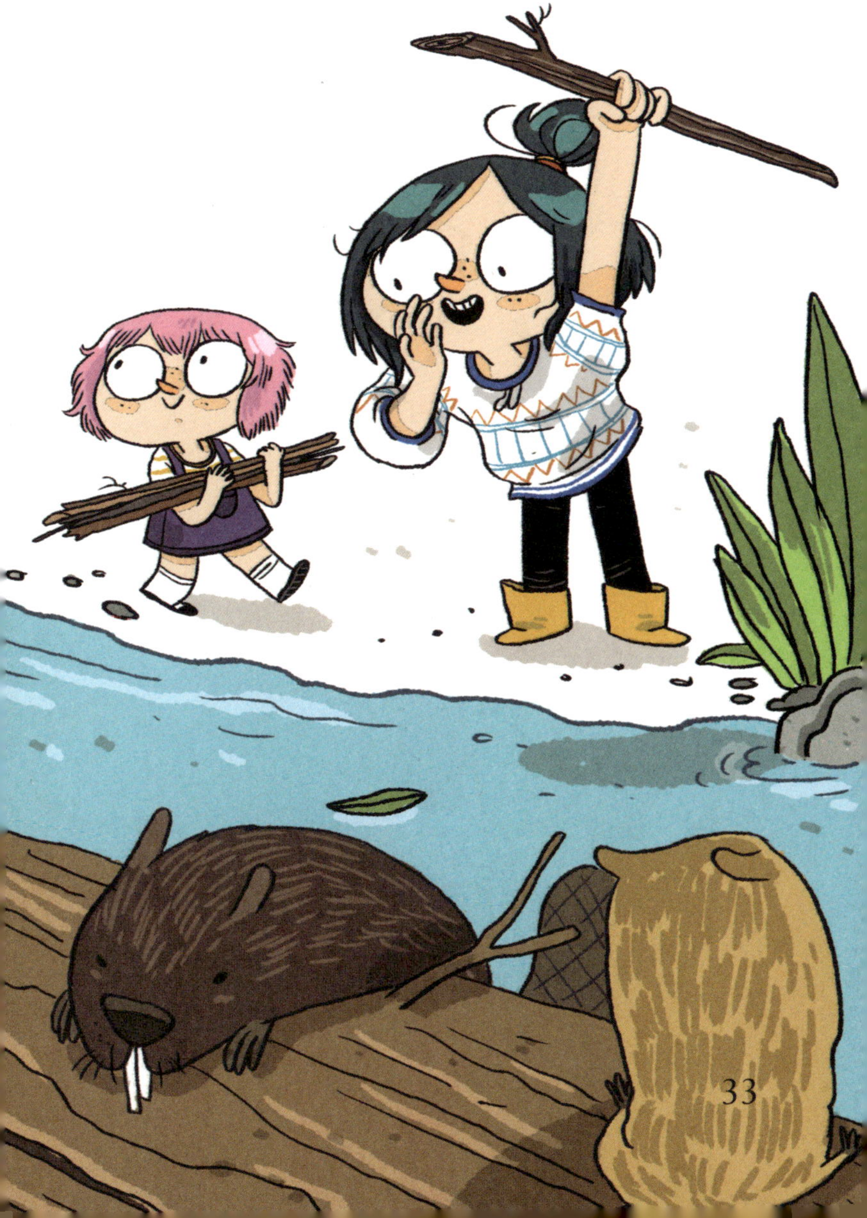

34

... escalaron un castillo...

... lucharon contra un dragón...

37

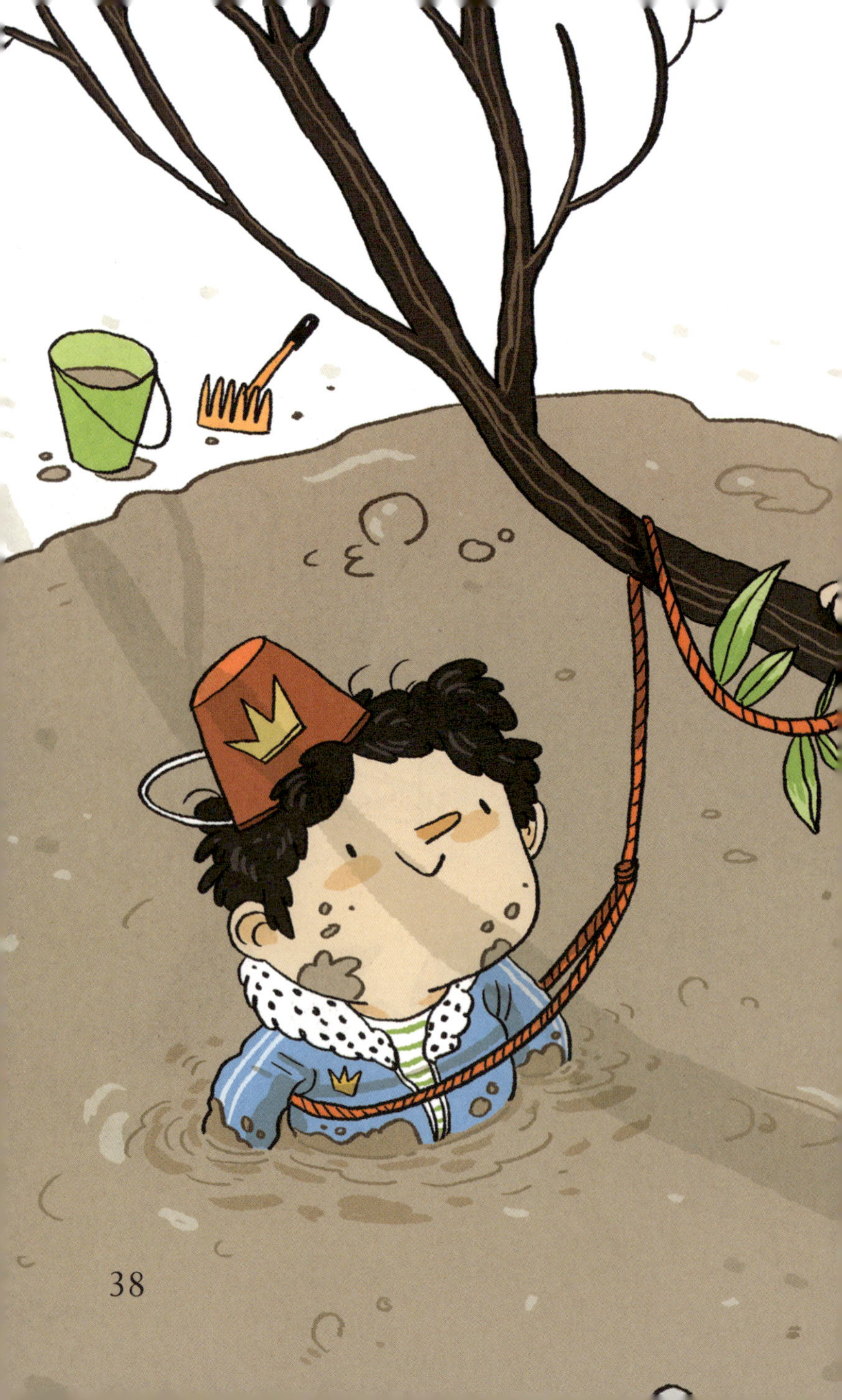

... rescataron a un príncipe...

... asistieron a un gran banquete...

41

Y justo cuando estaban a punto
de coronarlas reinas,
empezaron a caer las primeras gotas.
Marta miró hacia arriba
y una nube rechoncha y gris
le guiñó un ojo.

43

—¡A casa, vamos, a casa! —gritó papá,
y se puso a correr bajo la lluvia.

Se había puesto un periódico
encima de la cabeza.
Pero el periódico se empapó
y se le quedó pegado al pelo.
Y las letras del periódico
empezaron a resbalarle por la cara,
que ahora estaba llena de manchurrones.

A Marta, de verlo así, le dio la risa.
Una risa muy contagiosa.

Cuando llegaron a casa, papá, Marta, Boris y Nerea estaban empapados y muertos de risa.

–¡Pero cómo venís! –dijo mamá, y luego miró a Marta–. ¿Y tu paraguas rojo?

Mientras caminaban por el pasillo, camino del cuarto, sonaban: plich, plach, ploch, pluf.

Y se reían.

Cuando ya estaban todos en pijama, mamá les dijo:

–Lo mejor que podemos hacer para entrar en calor es tomar una buena taza de chocolate caliente.

A Marta le brillaron los ojos.
—¿Chocolate, mamá? ¿De verdad?
¿No chorizo con olor a pies?
—Qué cosas dices, Marta —se rio mamá,
y le puso el tazón más grande.

Ya en la habitación,
Marta le dijo a Nerea:

–¿Quieres dormir con Boris?

Y se lo puso en la almohada.

Nerea le puso las orejas encima de los ojos,
para que no le molestara la luz de la luna,
y le dio un beso mojado.

–¿Sabes, Nerea? Hago magia
–susurró Marta desde su cama.

Nerea miró a su hermana
con los ojos muy abiertos.

–Sí. Lo que pasa es que a veces
tarda un poco. Verás mañana,
cuando abramos la puerta roja...

TE CUENTO QUE PALOMA MUIÑA...

*... hace magia. Sí, ella es capaz de apretar la frente, cerrar los ojos y encontrar un cuento entre todas las cosas que vuelan por su cabeza. Para este de **El paraguas rojo** tomó los bocadillos de amapola de su abuelo, un conejo despeluchado de tanto jugar con él y un poco de chocolate, claro, porque Paloma no puede pensar si no hay chocolate cerca. Después miró por la ventana: llovía, y tres niños correteaban a su alrededor pidiendo cosas imposibles. Hasta una nube le sacó la lengua. Entonces lo tuvo claro:*

–Esto no puede quedar así –dijo–. Aquí hay un cuento.

*Y como el rojo es su color preferido, escribió **El paraguas rojo**.*

Paloma Muiña estudió Periodismo en la Universidad Complutense de Madrid y continuó su formación con un máster en Promoción de la Lectura y Literatura Infantil en la Universidad de Castilla-La Mancha. Esta autora y editora madrileña, que ha ganado el Premio Ciudad de Málaga con el libro Treinta y tres días antes de conocerte, también ha publicado ¿Qué le pasa a papá? y Siete noches.

¿QUIERES LEER MÁS?

MARTA NO ES EL ÚNICO PERSONAJE DE EL BARCO DE VAPOR CAPAZ DE HACER CUALQUIER COSA POR UN POCO DE CHOCOLATE. A Morris, el mapache más héroe del bosque, del prado y de la vuelta al mundo, le pasa lo mismo. Descúbrelo en los libros de la **SERIE MORRIS**.

MORRIS, DUÉRMETE Y DESPIÉRTATE
Gabriela Keselman
EL BARCO DE VAPOR,
SERIE MORRIS, N.º 7

MORRIS, ¡ES MÍO, MÍO Y MÍO!
Gabriela Keselman
EL BARCO DE VAPOR,
SERIE MORRIS, N.º 8

MORRIS, EL COLE HA DESAPARECIDO
Gabriela Keselman
EL BARCO DE VAPOR,
SERIE MORRIS, N.º 9

MORRIS, ADIVINA...
Gabriela Keselman
EL BARCO DE VAPOR,
SERIE MORRIS, N.º 10